W9-CFQ-383

Escrito por Betsy Franco
Ilustrado por Stacey Lamb

Children's Press®
Una División de Scholastic Inc.
Nueva York • Toronto • Londres • Auckland • Sydney
Ciudad de México • Nueva Delhi • Hong Kong
Danbury, Connecticut

Para James
—B.F.

Para Charles Schulz
—S.L.

Asesoras de lectura

Linda Cornwell
Especialista en alfabetización

Katharine A. Kane
Asesora educativa
(Jubilada de la Oficina de Educación del condado de San Diego
y de la Universidad Estatal de San Diego)

Biblioteca del Congreso. Catalogación de la información sobre la publicación

Franco, Betsy.
  [Sally, *la Divertida*. Español]
  Sally, *la Divertida* / escrito por Betsy Franco; ilustrado por Stacey Lamb.
    p. cm.— (Un lector principiante de español)
  Resumen: Un niño pequeño encuentra diferentes maneras de hacer sonreír
a su hermana bebé.
  ISBN 0-516-22686-X (lib. bdg.)   0-516-27801-0 (pbk.)
  [1. Hermanos y hermanas—Ficción. 2. Bebés— Ficción. 3. Materiales en idioma
español.] I. Lamb, Stacey, ilustr. II. Título. III. Serie.

PZ73 .F67 2002
[E]—dc21   2002067351

¡Sally es tan divertida!

Sonrío.

Sally sonríe.

Hago un chasquido
con los dedos.

Sally sonríe.

Brinco.

Sally sonríe.

15

Canto.

Sally sonríe.

Sally sonríe.

¡Sonrío!

Lista de palabras (14 palabras)

brinco	divertida	sonríe
canto	es	sonrío
chasquido	hago	tan
con	los	un
dedos	Sally	

Acerca de la autora

Betsy Franco vive en Palo Alto, California, donde ha escrito más de 40 libros para niños (libros ilustrados, poesía y no ficción). Betsy es la única mujer de su familia, la cual incluye a su esposo Douglas, a sus tres hijos, James, Thomas y David y a Lincoln, el gato. Comienza a escribir a altas horas de la madrugada cuando todos, a excepción de Lincoln, están dormidos.

Acerca de la ilustradora

Stacey Lamb "se convirtió" en artista en cuarto grado, cuando descubrió que podía dibujar a Peanuts, el personaje de Snoopy,

¡y ha dibujado desde entonces! Creció en Illinois y asistió a la Universidad de Kansas. Actualmente, vive en el campo en Lawrence, Kansas, con su esposo Brent, sus dos hijos, Emily y Scott y un perro, ocho gatos, un conejo y un ratón mascota.